Sheltie
und der Schatz am Meer

Peter Clover

Sheltie
und der Schatz am Meer

KOSMOS

Umschlaggestaltung und Umschlagillustration
von Milada Krautmann, Stuttgart.
Aus dem Englischen übersetzt von Eva Regul.

Titel der englischen Originalausgabe:
Sheltie by the sea
Copyright © Working Partners Ltd, 2002
Sheltie is a registered trademark owned by Working Partners Ltd.
First published by Puffin Books, part of Penguin Books Ltd., UK, 2002.
Created by Working Partners Limited, London W6 0QT.

Autor und Illustrator:
Peter Clover wurde in London geboren und lebt heute in der Nähe von Somerset auf dem Land. Neben seiner Arbeit als Cartoonist und Illustrator schreibt er Geschichten für Kinder.

In dieser Reihe sind zahlreiche andere Bände bei KOSMOS erschienen.
Du findest sie auf Seite 95.
Die Reihe wird fortgesetzt.

Dieses Buch folgt den Regeln der neuen Rechtschreibung.

Bibliografische Information der Deutschen Bibliothek
Die Deutsche Bibliothek verzeichnet diese Publikation in der Deutschen Nationalbibliografie; detaillierte bibliografische Daten sind im Internet über http://dnb.ddb.de abrufbar.

ISBN 3-440-10167-3
Redaktion: Ina Pfitzer
Grundlayout: eStudio Calamar
Produktion: Ralf Paucke
Printed in Czech Republic / Imprimé en République tchèque

Kapitel eins

„Juchhu! Zur Sommerland-Bucht!“, rief Emma begeistert. Sie warf vor Freude die Arme in die Luft und fegte dabei fast die Cornflakes-Packung vom Tisch.

Emmas kleiner Bruder Joschua machte es ihr nach und fuchtelte ebenfalls wie wild mit seinen kleinen Ärmchen.

„Sommerbucht, Sommerbucht“, krähte er und kicherte.

„Freut euch nicht zu früh“, sagte Emmas Mutter schmunzelnd. „Papa und ich haben erst mal nur überlegt, ob wir vielleicht wieder eine Woche Urlaub in

dem Ferienhäuschen am Meer machen, wo wir letztes Jahr waren."

„Super", sagte Emma. „Können wir dann wieder Mary und ihre Tierklinik besuchen?" Noch bevor jemand antworten konnte, war sie schon aufgesprungen.

„Das muss ich unbedingt Sheltie erzählen“, rief sie. Dann raste sie raus in den Garten.

Emmas kleines Shetlandpony Sheltie rieb gerade genüsslich sein juckendes Kinn an einem der dicken Holzpfosten der Koppel. Emma schwang die Beine über den Zaun und setzte sich auf den obersten Balken. Sofort kam Sheltie zu ihr und legte den Kopf in ihren Schoß. Seine Augen funkelten, als sie ihm das Kinn kraulte und ihm von der Sommerland-Bucht erzählte.

„Wir können am Strand entlangreiten und über die Hügel und Wiesen am Steilufer“, sagte Emma. „Erinnerst du dich noch an Mary?“

Das kleine Pony wieherte leise und

schaute Emma gespannt unter seinem dicken Haarschopf an.

„Mary ist die nette Frau, die sich um all die Tiere kümmert“, sagte Emma. „Sie hat dir den Stein aus dem Huf geholt, als du gelahmt hast.“

Sheltie scharrte mit dem Vorderhuf auf dem Boden. Emma lachte. „Jetzt erinnerst du dich wieder, oder?“ Das kleine Pony warf den Kopf zurück und schnaubte laut.

„Schade, dass Mary kein Telefon hat. Aber ich schreibe ihr einen Brief, dass wir kommen“, sagte Emma. „Und ich schicke ihr einen dicken Kuss von dir mit, Sheltie.“

Emma sprang vom Zaun. Sheltie zockelte gemütlich hinter ihr her über die Koppel zu seinem Stall. Er sah ihr dabei zu, wie sie das Heunetz auffüllte. Dann mistete Emma das schmutzige Stroh aus und verteilte neues. Sheltie stupste sie dabei frech in den Rücken.

„Wir müssen Miss Linny fragen, ob wir wieder den Anhänger von ihrer Freundin ausleihen können“, sagte Emma. „Und ich muss gleich anfangen zu packen. Ach, wenn es nur wahr wird, dass wir nach Sommerland fahren!“

Sheltie fuhr mit der Zunge über den Salzleckstein an der Stallwand und prustete laut.

„Na, dich erinnert wohl der Salzgeschmack an die Ferien am Meer?“, fragte Emma.

Das kleine Pony warf fröhlich den Kopf hin und her und schüttelte sich die lange Zottelmähne aus den Augen.

„Ich glaube, du freust dich genauso auf Sommerland wie ich!“, sagte Emma grinsend.

Und eine Woche später packten Emma und ihre Familie dann tatsächlich die Koffer für den Urlaub in der Sommerland-Bucht. Aber dieses Mal würden sie nicht in dem Ferienhäuschen vom letzten Jahr wohnen.

„Das Haus ist verkauft worden und die neuen Besitzer wohnen an den Wochenenden selbst da“, hatte Emmas Vater erklärt. „Wir wohnen deshalb im ‚Goldenen Anker‘. Das ist ein Gästehaus direkt am Strand. Früher war es eine echte Schmugglerschänke.“

„Aber das Beste ist, dass das Gästehaus auch einen Stall hat", hatte Emmas Mutter hinzugefügt. „Sheltie kriegt also ein eigenes Ferienhaus direkt am Strand. Vom Stall aus kann er die ganze Bucht überblicken."

Emma strahlte bei der Vorstellung, wie viel Spaß sie und Sheltie in diesen Ferien haben würden.

Am Tag zuvor hatte Miss Linny Shelties Ponyanhänger vorbeigebracht und Emma hatte alles, was Sheltie brauchen würde, zusammengepackt. Der glänzende, frisch polierte Sattel hing neben dem Zaumzeug an einem Haken hinter der Tür des Anhängers.

Nun war der Tag der Abreise gekommen. Die Koffer waren gepackt und früh am Morgen ging es los. Sheltie schnaub-

te vor Freude, als Emma ihn in den Anhänger führte. Seine Hufe klapperten auf der Holzrampe. Drinnen ließ er sich dann geduldig anbinden. Neugierig schaute er durch das kleine Fenster an der Vorderseite des Anhängers. Es war einen Spaltbreit geöffnet, damit er auf der Fahrt die frische Luft genießen konnte.

„Die Fahrt dauert ja nicht lange“, sagte Emma. „Du wirst sehen, schon bald spürst du den weichen Sand unter den Hufen!“

Um neun Uhr fuhren sie schließlich los. Shelties kleiner Anhänger rollte sanft hinter dem Auto her. Emma sah sich während der Fahrt immer wieder um, ob er noch da war. Sie sah Shelties behaartes Maul aus dem Fenster schauen und wusste, dass er die Fahrt von der ersten bis zur letzten Minute genoss.

Mittags machten sie eine Pause, um etwas zu essen und Sheltie ein bisschen Bewegung zu verschaffen. Dann kamen sie in Sommerland an. Emmas Vater bog von der Straße in einen Feldweg ab, der zum Strand führte.

„Wohnen wir wirklich direkt am Strand?“, fragte Emma ihren Vater gespannt.

„Ja, du kannst praktisch aus dem Fenster direkt ins Meer hüpfen“, erwiderte ihr Vater schmunzelnd.

„Bring sie nur nicht auf dumme Gedanken!“, wies ihn Emmas Mutter im Spaß zurecht.

„Keine Angst“, sagte Emma und lachte. „Ich werde mich zurückhalten!“

Kapitel zwei

Plötzlich wurde der Weg breiter und öffnete sich zu einem wunderschönen Sandstrand. Zu einer Seite führte ein Kiesweg zum Parkplatz des „Goldenen Ankers“. Emma entdeckte sofort den kleinen Stall an der Hofseite des Hauses.

„Seht mal!“, rief sie. „Sheltie hat ein Zimmer mit Blick aufs Meer.“

„Und sogar eine kleine Sandkoppel“, sagte ihre Mutter. „Hinterm Stall ist ein Stück vom Strand als Auslauf abgezäunt worden. Sheltie kann also so viel frische Meerluft schnuppern, wie er will.“

Als Sheltie die Rampe aus seinem Anhänger heruntertrappelte, schüttelte er seine lange Zottelmähne und schnaubte laut. Dann hob er den Kopf und sog die frische Seeluft ein. Aufgeregt tänzelte er auf der Stelle. Es war unübersehbar, wie glücklich er war, wieder am Meer zu sein.

Sobald sie ihr Familienzimmer im Gästehaus bezogen hatten, machte sich Emma auf zu einem ersten Ausritt mit Sheltie.

„Rate mal, wohin wir reiten", fragte sie vergnügt.

Sheltie kaute auf seinem Gebiss. Dann schüttelte er den Kopf, dass das Zaumzeug klirrte, und wieherte fröhlich. Das kleine Pony schien genau zu wissen, wohin es ging.

„Stimmt!“, sagte Emma. „Wir besuchen Mary.“ Sie drückte Sheltie leicht die Hacken in die Seiten und überließ ihm die Führung. Sie wollte wissen, ob er den Weg vom Strand zu Marys Häuschen wieder finden würde.

Sheltie trabte den Strand entlang. Er genoss es, den weichen Sand unter den Hufen zu spüren. Fröhlich sprang er durch das flache Wasser, das an seinen Beinen hochspritzte. Am Ende des Strandes führte eine steile Holztreppe die Klippen hinauf. Sheltie hielt am Fuß der Treppe an und zögerte. Dann warf er einen Blick auf den Pfad, der sich ganz in der Nähe die Steilküste hinaufschlängelte. Er war an manchen Stellen sehr schmal und gefährlich, besonders für ein Pony mit Reiter. Emma musste daran denken, wie Sheltie im letzten Jahr Alice Parker und ihr Pony von diesem Pfad gerettet hatte.

Sheltie schien sich auch daran zu erinnern und entschied sich für einen anderen Weg. Er war viel länger, aber es war ein Reitweg, der am Strand entlangführte und sich dann sanft die Anhöhe hinaufwand.

Das kleine Pony schlug mit dem Schweif und zockelte gemütlich los.

Oben auf der Steilküste war alles ruhig und friedlich. Das violette Heidekraut bedeckte den Boden wie ein weicher Teppich. Über die sanften Hügel konnte man kilometerweit in die Ferne sehen.

„Ob Mary wohl weiß, dass wir kommen?“, überlegte Emma laut. „Hoffentlich hat sie meinen Brief gekriegt.“

Sheltie antwortete mit einem Rülpser.

„Aber Sheltie“, gab sich Emma empört. „Da kann ich ja nur hoffen, dass du dich bei Mary besser benimmst!“

Mit der warmen Sonne im Rücken ritten sie einen Hügel hinauf. Als sie oben waren, lag vor ihnen ein weites Tal, das von grasbewachsenen Hügeln umgeben war. In diesem Tal stand Marys Häuschen.

Sie sahen hinunter auf das Dach des alten, baufälligen Gebäudes. Es sah noch genauso aus wie damals, als Emma und Sheltie es zum ersten Mal gesehen hatten. Ein schmaler, matschiger Pfad führte zur Haustür. Überall wuchs Unkraut und Löwenzahn.

„Es gibt noch mehr Efeu als im letzten Jahr“, sagte Emma zu Sheltie. „Sogar die Fenster sind schon ein bisschen zugewachsen.“

Emma war schon ganz aufgeregt, Mary zu sehen.

„Wuff, wuff!“ Plötzlich zerriss lautes Hundegebell die Stille.

Sheltie legte die Ohren an. Das Gebell kam von einem Hund, den er nicht kannte. Sein Schweif schlug unruhig hin und her. Er wartete darauf, dass das fremde Tier sich zeigte.

Da kam ein Collie-Mischling den Weg entlanggesaust. Emma musste lachen. Der Hund sah wie ein rasendes Wollknäuel aus! Er flitzte den Hügel hinauf, warf sich dann vor ihnen auf den Rücken und strampelte mit den Pfoten in der Luft herum.

Sheltie senkte langsam den Kopf. Er beschnupperte neugierig den rosa Bauch des Hundes, der sich vor ihm auf dem Boden wälzte.

Der Collie sprang auf und schleckte dem kleinen Pony begeistert über die Nüstern. Dann stellte er sich auf die Hinterbeine und blickte voller Bewunderung zu Sheltie hoch.

Sheltie scharrte mit den Hufen – und schon war der kleine Hund wieder auf seinen vier Pfoten und machte es ihm nach. Emma lachte.

„Du bist ganz schön frech, oder?“

Der Collie spitzte die Ohren und sah sie fragend an.

Plötzlich erklang hinter dem Häuschen eine vertraute Stimme. „Emma? Sheltie? Seid ihr das?“

Kapitel drei

Mary kam aus der Scheune und blinzelte in die Sonne. Auf dem Arm hielt sie ganz vorsichtig ein Huhn. Sie sah noch genauso aus wie im letzten Jahr. Viele kleine Falten überzogen ihr Gesicht. Sie trug noch immer denselben verblichenen Regenmantel, den sie mit dickem Bindfaden um den Bauch festgebunden hatte. Sie strahlte über beide Backen.

Sheltie begrüßte sie mit einem begeisterten Schnauben. Der Collie machte einen Luftsprung und raste zurück zum Häuschen. Er sprang an Mary hoch und wurde dafür von dem Huhn auf ihrem Arm ins Ohr gepickt.

„Kommt runter, ihr beiden“, rief Mary fröhlich. Der Hund saß brav zu Marys Füßen und sah zu, wie Sheltie und Emma vorsichtig den abschüssigen Pfad hinunterritten. Dann standen sie in Marys kleinem Garten. Sie hatte das Huhn in einer Schubkarre abgesetzt und kraulte Sheltie zur Begrüßung hinter den Ohren.

Das kleine Pony schüttelte die Mähne und wieherte leise vor Vergnügen.

„Das ist Brindel“, sagte Mary und zeigte auf den Collie. „Sie ist das neueste Mitglied meiner kleinen Familie.“

Emma schwang sich aus dem Sattel. „Hallo, Brindel“, sagte sie und schüttelte das weiche Pfötchen, das der kleine Hund ihr zur Begrüßung entgegenstreckte.

Mary lebte ganz allein in dem baufälligen Häuschen. In ihrer kleinen Tierklinik pflegte sie alle möglichen kranken und verletzten Tiere. Manchmal brachten die Leute Tiere zu Mary, damit sie sich um sie kümmerte, und manchmal kamen die Tiere ganz von selber, so wie Brindel.

„Sie ist einfach eines Tages hier aufgetaucht“, erklärte Mary. „Sie zog ein Hinterbein nach. Wahrscheinlich ist sie von einem Auto angefahren worden.“

Brindel sah mit dankbarem Blick zu ihr auf und hechelte.

„Na ja“, meinte Mary. „Das ist jetzt zwei Monate her und seitdem lebt sie bei mir. Ich hab überall Zettel aufgehängt, aber niemand hat sie abgeholt.“

Sheltie schnüffelte neugierig an Brindel und schleckte ihr liebevoll über den Kopf.

„Ich glaube, Sheltie mag Brindel", sagte Emma grinsend.

„Alle mögen Brindel", lachte Mary. „Sie ist so süß und fröhlich."

„Hast du noch die Ziege Harold und die Eselin Doris?", fragte Emma.

„Na klar", antwortete Mary. „Harold und Doris sind wie immer auf der Wiese hinter dem Haus. Kommt mit, dann zeigen wir euch auch gleich unsere neuen Patienten."

Mary und Brindel führten Emma und Sheltie an der Scheune vorbei zur Klinik.

Marys Tierklinik war keine echte Klinik. Sie bestand nur aus ein paar Reihen selbst gezimmerter Pferche, Käfige und Ställe, in denen verletzte oder kranke Tiere behandelt wurden und sich ausruhen konnten. Wenn sie wieder gesund waren, wurden sie in die Freiheit entlassen. Nur die strubbelige Ziege Harold mit dem lahmen Bein und die alte Eselin Doris, die niemand mehr haben wollte, wohnten ständig bei Mary. Die beiden gehörten schon zur Familie.

Emma sah sich in den Ställen um und bemerkte sofort, dass alles ziemlich heruntergekommen war. An der hinteren Wand waren ein paar Fensterscheiben zu Bruch gegangen. Von der Tür war die Farbe komplett abgeblättert. Manche Käfige wurden nur noch notdürftig zusammengehalten. Und die Pferche und Ställe, die im letzten Jahr noch recht gut ausgesehen hatten, mussten dringend repariert werden.

Emma warf noch einen Blick auf den alten Schuppen, in dem Mary das Tierfutter aufbewahrte. Das Dach hatte lauter Löcher und die Wände sahen aus, als könnten sie jeden Moment zusammenbrechen. Mary hatte sie behelfsmäßig mit Holzbalken abgestützt. Das schien das Einzige zu sein, was den Schuppen noch zusammenhielt.

Mary war Emmas Blicken gefolgt. „Tja, es ist leider alles ein bisschen runtergekommen“, sagte sie bekümmert. „Das Futter und die Tierarztbesuche sind so teuer, dass für die Reparaturen einfach kein Geld mehr übrig ist!“

„Ich würde dir so gern helfen“, rief Emma. „Ich könnte doch ein paar von den Ställen reparieren!“

„Das ist gar nicht so leicht“, meinte Mary und lachte. „Früher hab ich das alles selbst gemacht, aber jetzt werde ich langsam alt. Du siehst ja, dass ich gerade den Futterschuppen richte. Aber ich komme eben nur sehr langsam voran.“

In diesem Moment trottete Sheltie zu einem der Stützbalken, um sich gemütlich daran den Kopf zu kratzen.

„Oh nein!“, rief Mary. „Weg von den Balken, Sheltie, sonst bricht der ganze Schuppen zusammen! Früher hat das Dach den Schuppen gehalten“, wandte sie sich erklärend an Emma. „Aber jetzt kann er beim kleinsten Windhauch zusammenfallen wie ein Kartenhaus.“

„Auweia“, sagte Emma. Sie zog Sheltie am Zügel weg. Dann gingen sie in die Ställe, um Marys neue Patienten kennen zu lernen.

Sie pflegte ein verwaistes Lamm, das sie für einen Bauern aufzog, zwei Fuchs-

junge, deren Mutter von einem Auto überfahren worden war, und fünf kleine Kaninchen. Da war eine Gans mit einem geschwollenen Fuß, ein Fasanenweibchen mit ihren weichen, aufgeplusterten Küken und ein komisches Eichhörnchen ohne Schwanz mit Streifen im Fell – ein Backenhörnchen.

„Letzte Woche hatte ich noch eine andere Ziege zu Gast“, erzählte Mary. „Eine von den wilden Ziegen, die in den Klippen an der Steilküste leben. Sie ist hier einfach hereinspaziert. Sie war nicht krank, sie wollte nur etwas zu fressen. Aber leider hatte ich kein Futter mehr.“

Das war für Emma der Moment, in dem für sie klar war, dass sie Mary und ihren Tieren unbedingt helfen wollte. Sie musste Geld für die Reparaturen auftreiben, die so dringend nötig waren. Sonst musste Mary die Tierklinik vielleicht bald schließen. Und wo sollten dann die kranken Tiere hin?

Kapitel vier

Den nächsten Morgen verbrachten Emma und Sheltie mit Emmas Eltern und Joschua am Strand. Emmas Vater und Joschua bauten eine riesige Sandburg. Emmas Mutter lag unter einem Sonnenschirm und las.

Emma setzte sich neben sie. „Ich muss immer an Mary denken", sagte sie. „Hast du irgendeine Idee, wie ich Geld für ihre Tierklinik auftreiben könnte?"

Ihre Mutter sah von ihrem Buch auf und blickte in den Sand. „Lass mich darüber mal in Ruhe nachdenken."

Währenddessen zogen am strahlend

blauen Himmel die Möwen kreischend ihre Kreise. Es war ein herrlicher Sommertag.

„Ich reite mal mit Sheltie bis zum Ende der Bucht“, meinte Emma. „Vielleicht habe ich dabei ja eine Idee.“

Sheltie, der auf seiner Koppel direkt neben ihnen stand, schnaubte und warf den Kopf zurück. Ungeduldig scharrte er mit dem Vorderhuf im weichen Sand.

„Ich glaube, Sheltie hat Lust durchs Wasser zu plantschen“, sagte Emma.

„Reite aber nicht zu weit, Emma“, ermahnte sie ihr Vater.

„Und pass auf, dass der Sand nicht so spritzt, wenn du an den Leuten vorbeigaloppierst“, fügte ihre Mutter hinzu.

Emma war schon längst mit Sheltie

auf dem Weg zum Wasser. „Ich pass schon auf“, rief sie über die Schulter zurück.

Joschua sah ihr hinterher und winkte mit Eimer und Schaufel. „Tschüss, Sheltie!“, rief er.

Emma saß auf und ließ Sheltie durch die schäumende Brandung traben. Weil niemand in der Nähe war, ermunterte sie ihn zu einem leichten Galopp. Das Wasser spritzte an Shelties Beinen hoch. Sie jagten den Strand entlang und konnten beide nicht genug davon kriegen.

Doch dann kamen sie zu den riesigen Felsbrocken, die das Ende der Bucht bildeten.

Emma saß ab und zog Schuhe und Strümpfe aus. Dann krempelte sie ihre Jeans hoch und ging ins flache Wasser.

Es war toll, mit Sheltie in der schäumenden Brandung zu spielen. Aber gleichzeitig dachte Emma immer wieder darüber nach, wie sie Geld für Mary auftreiben konnte.

Nach einer Weile stopfte sie ihre Strümpfe in die Hosentasche, hängte ihre Schuhe über Shelties Sattel und führte das kleine Pony am Wasser entlang zurück.

Da kam ihr plötzlich eine Idee. „Treibholz“, sagte sie laut. Der Strand war voll davon. Im letzten Jahr hatte Emma ein Stück Treibholz gefunden, das wie ein Fisch aussah. Sie hatte es angemalt und Mary geschenkt.

„Ich könnte Treibholz anmalen“, dachte Emma laut. „Das verkaufe ich dann am Strand als Andenken an die Leute, die hier Ferien machen.“

Sheltie kaute genüsslich auf einem Stück Seetang herum. Dann schluckte er es runter und rülpste laut.

„Soll das etwa heißen, dass du die Idee nicht gut findest?“, fragte Emma lachend.

Das kleine Pony blies ein paar Sandkörner aus den Nüstern und nahm ein Stück Treibholz ins Maul. Es war lang und dünn und in sich gedreht.

„Das sieht aus wie eine Schlange", meinte Emma. Vorsichtig nahm sie Sheltie das Stück Holz aus dem Maul und betrachtete es aufmerksam.

„Da male ich ein Schlangenmuster drauf", rief sie begeistert. „Toll, Sheltie! Kannst du noch eins suchen?"

Sheltie stöberte mit der Nase in einem Haufen glitschigen Seetangs herum und förderte noch ein Stück Treibholz zu Tage.

Als Emma gerade die Hand danach ausstreckte, zog Sheltie es in letzter Sekunde weg. Emma schnappte sich das

Holzstück und zerrte daran. Sheltie biss noch fester zu und zog ebenfalls.

„Willst du ein Tauziehen veranstalten?“, fragte Emma und zog noch stärker. Da ließ Sheltie das Stück Treibholz plötzlich los und Emma landete auf dem Hintern.

Sheltie wieherte laut vor Freude.

„Ach Sheltie, warum falle ich nur immer wieder auf deine Tricks herein?", fragte Emma kichernd. „Jetzt hör auf Quatsch zu machen und such lieber noch ein paar schöne Treibholzstücke."

Sheltie hatte eine gute Spürnase und bald hielt Emma sechs schön geformte Holzstücke in den Händen.

„Vielleicht hilft Mama mir beim Anmalen", überlegte sie laut. „Das kann sie nämlich wirklich gut. Komm, wir gehen zurück und fangen schon mal an."

In ihrem Zimmer im „Goldenen Anker" legte Emma die Treibholzstücke auf den Boden. Sie zeigte sie ihrer Mutter und erzählte von ihrer Idee.

Sheltie war draußen auf seiner

Strandkoppel und fraß Heu aus einer Raufe an der Stallwand.

„Die sind sehr schön“, sagte Emmas Mutter. „Aber du willst doch nicht die ganzen Ferien mit Malen verbringen, oder? Es ist eine nette Idee, Emma, aber ich finde es nicht so gut, wenn du alle Leute am Strand damit belästigst.“

„Aber sie haben bestimmt nichts

dagegen. Es ist doch für die Tierklinik!", protestierte Emma.

„Trotzdem, Emma", sagte ihre Mutter bestimmt. Emma kannte diesen Ton und wusste, dass es jetzt keinen Widerspruch mehr gab.

„Ich helfe dir, das Treibholz anzumalen", bot ihre Mutter an. „Dann kannst du es zu Hause Sally und deinen anderen Freunden schenken. Das ist viel besser."

Emma gab nach. Sie sah ein, dass ihre Mutter Recht hatte. Außerdem hätte sie bestimmt hunderte von Treibholzfischen malen müssen, um genügend Geld für Marys Tierklinik zusammenzubekommen.

„Ich nehme sie mit und male sie zu Hause an, wenn es mal regnet", sagte sie zu ihrer Mutter. „Solange wir hier sind, mache ich dann eben andere Dinge."

Aber in Wirklichkeit wollte Emma in diesen Ferien unbedingt Mary und ihrer Tierklinik helfen. Und sie war fest entschlossen, sich einen neuen Plan auszudenken.

Kapitel fünf

Am Nachmittag sahen Emmas Eltern sich mit Joschua eine Sehenswürdigkeit in der Nachbarbucht an. Dort stand der Nachbau eines alten Piratenschiffs, das „Fliegender Delfin“ hieß.

Emma hatte keine Lust mitzukommen und beschloss stattdessen Mary zu besuchen.

Sie ritt mit Sheltie über die Hügel und genoss den Ausblick auf die Klippen und das funkelnde Meer.

Als sie den Hügel vor Marys Häuschen hochritten, wartete Brindel schon auf sie. Die Hündin musste gewusst haben, dass sie kamen. Sie bellte laut. Sheltie stellte sofort die Ohren auf und antwortete mit einem fröhlichen Wiehern.

Emma und Sheltie folgten Brindel hinter das Häuschen, wo Mary gerade Holz sägte. „Hallo, ihr beiden“, rief sie. „Ich bin gerade am Dach für den Futterschuppen.“

„Kann ich helfen?“, fragte Emma. Sie wollte so gerne etwas für Mary tun.

Die alte Frau lächelte. „Ich komme schon klar“, sagte sie. „Aber wenn du mir einen Gefallen tun willst, kannst du Brindel ausführen. Sie springt mir ständig zwischen den Beinen rum und ich muss noch jede Menge Holz sägen.“

Brindel bellte laut und sprang übermütig an Mary hoch. Dabei fiel Mary die Säge aus der Hand.

„Siehst du, Emma?“, sagte Mary. „Sie will helfen, aber dabei stört sie ständig.“

Sheltie ließ den Kopf sinken und stupste die Säge auf dem Boden an.

„Sieh mal!“, sagte Emma. „Sheltie will auch helfen! Alle wollen dir Arbeit abnehmen.“

„Ja, das stimmt“, sagte Mary lächelnd. Sie leinte Brindel an und befestigte das andere Ende der Leine an Shelties Steigbügel. Der kleine Hund hüpfte dabei ständig vor lauter Vorfreude wie ein Gummiball.

„Los, auf geht's“, rief Emma. „Wir machen ein Wettrennen am Strand und gehen ein bisschen ins Wasser!“

Sheltie schlug mit dem Schweif. Emma wusste, dass er sich schon jetzt freute, durch die Brandung zu galoppieren. Er konnte gar nicht schnell genug an den Strand kommen.

Es war gerade Ebbe und der goldgelbe Sandstrand erstreckte sich über viele Meter. Sheltie tänzelte fröhlich durch die Brandung und Emma machte Brindels Leine los. Der Hund blieb dicht bei ihnen. Sie trabten die ganze Bucht entlang bis zum „Goldenen Anker“. Dann galoppierten sie in rasantem Tempo zurück.

Sheltie und der kleine Hund genossen den Ausflug in vollen Zügen. Aber Emma dachte die ganze Zeit daran, wie sie der Tierklinik helfen konnte.

„Ich wünschte, es würde ein Wunder passieren, das Marys Probleme auf einen Schlag löst“, flüsterte Emma Sheltie ins Ohr.

Sheltie schnaubte und kaute geräuschvoll auf seinem Gebiss. Brindel legte den Kopf schief und stellte die Ohren auf. Beide schienen angestrengt nachzudenken.

Sie waren fast an den schroffen Felsen am Ende der Bucht angekommen, als Brindel plötzlich losraste.

„Brindel!“, rief Emma. „Bei Fuß!“ Aber Brindel hörte nicht.

Sheltie schüttelte sich die Mähne aus den Augen, tänzelte unruhig auf der Stelle und zog an den Zügeln. Emma wusste, dass er ihr etwas sagen wollte.

„Kannst du sie zurückholen?“, fragte sie. Sheltie zog wieder an den Zügeln. Emma stieg ab. „Los, Sheltie. Such Brindel.“

Sheltie ging zu den dicken Felsbrocken. Dann verschwand er hinter einem großen Stein. Und da saß Brindel und wartete auf ihn.

Die Hündin hatte ein großes, tiefes

Loch gegraben. Ihre Schnauze und Vorderbeine waren voller Sand.

„Da seid ihr ja!“, rief Emma, als sie die beiden hinter dem Felsen entdeckte. „Warum bist du denn so plötzlich davongelaufen Brindel?“, fragte Emma verwundert. „Ich glaube, wir sollten dich langsam nach Hause bringen.“

Sie nahm den Hund wieder an die Leine. „Mary hat das Dach bestimmt schon fertig.“

Aber Sheltie wollte noch nicht gehen. Er steckte trotzig den Kopf in das Loch und schnaubte laut. Dann scharrte er ungeduldig im Sand. Irgendetwas an diesem Loch schien ihn brennend zu interessieren.

Sheltie steckte den Kopf noch tiefer hinein. „Was gibt es denn da so Spannendes?“, fragte Emma erstaunt.

Kapitel sechs

Sheltie hob den Kopf, nieste und blies sich die Sandkörner aus den Nüstern.

Emma schaute in das Loch. Auf dem Grund lag ein geschlungener Gegenstand, der nach Seetang stank.

„Ach, das ist doch nur ein altes Seil“, sagte sie enttäuscht. „Das liegt da bestimmt schon jahrelang.“

Brindel bellte und Sheltie fiel sofort mit lautem Wiehern ein.

„Ist ja gut“, sagte Emma. „Ich hol es für euch raus.“

Sie kniete sich in den Sand und griff

nach dem Seil. Es war feucht und rau. Aber als Emma daran zog, merkte sie, dass das andere Ende tief im Sand feststeckte. Sie zog, so stark sie konnte, daran, aber das Seil bewegte sich keinen Zentimeter weiter.

„Das könnte metertief runtergehen“, sagte sie. „Oder vielleicht ist am anderen Ende etwas sehr Schweres drangebunden?“

Sheltie schnaubte. Diese Vorstellung schien er spannend zu finden. Er nagte an dem stinkenden Seil, dann nahm er es zwischen die Zähne und zog daran.

„Glaubst du, dass du mehr Kraft hast als ich?“, wollte Emma wissen.

Sheltie nickte heftig, als wollte er Ja sagen.

„Warte, ich muss zuerst Brindel anbinden", sagte Emma. Sie machte die Hundeleine an einem Stein fest. Dann band sie das Ende des Seils an Shelties Sattelgurt fest.

„Na dann los", rief sie. „Mal sehen, wie lang dieses stinkende Seil ist!"

Sheltie schnaubte und warf einen kurzen Blick auf das Loch. Dann fing er an zu ziehen. Emma stand vor ihm und feuerte ihn an.

Sheltie ging langsam, aber stetig auf sie zu. Nach und nach kam das Seil aus dem Loch. Dann war es plötzlich straff gespannt und Sheltie musste sich mit aller Kraft in den Sand stemmen. Ganz langsam tauchte schließlich ein dunkler Gegenstand aus dem Sand auf.

Emma sah ihn sich genau an. „Das sieht aus wie ein alter Schiffsanker!“, rief sie aufgeregt. Sie machte das Seil vom Sattelgurt los und Sheltie ging zurück zum Loch. Neugierig beschnupperte er den alten Anker. Dann warf er den Kopf hoch und schnaubte Emma an.

Emma untersuchte den Anker genauer und versuchte ihn hochzuheben. Er war ziemlich klein, nur ungefähr einen halben Meter lang. Aber er war sehr schwer. Emma konnte ihn keinen Zentimeter bewegen.

Sie ließ ihre Finger über die verkrustete Oberfläche gleiten. Der Ankerschaft war mit einer seltsamen Form verziert, die wie ein merkwürdiger Fisch aussah.

„Vielleicht ist er sehr alt und wertvoll“, überlegte sie. Sheltie schnaubte und warf den Kopf zurück.

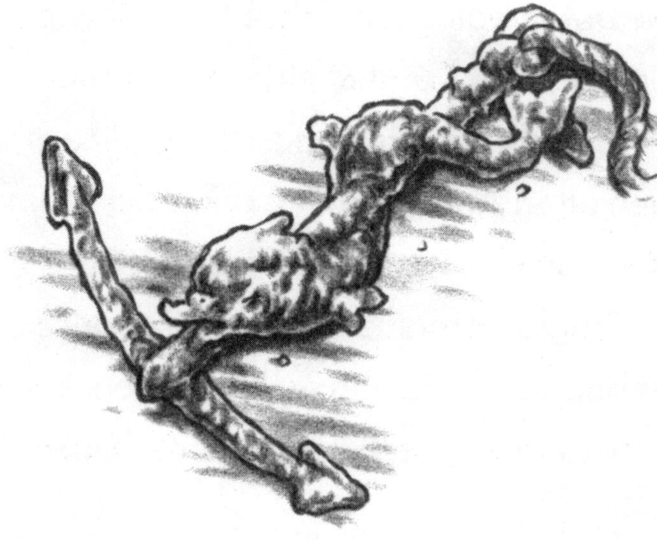

Da fing Brindel an zu bellen und zog an ihrer Leine.

„Wir kommen schon“, rief Emma. Aber Brindel wollte nicht länger warten. Sie bellte laut und zog so lange an der Leine, bis sie sich löste. Dann flitzte sie los über den Strand.

„Oh nein!“, rief Emma. „Jetzt rennt Brindel schon wieder weg.“ So schnell sie konnte, rollte sie das alte Seil zusammen und warf es wieder ins Loch. Dann sprang sie in den Sattel und trieb Sheltie an.

Emma sah gerade noch, wie Brindel auf die Steilküste zurannte und den engen Pfad zwischen den Klippen hochflitzte.

Emma überlegte fieberhaft: Sollte sie Brindel auf dem steilen Pfad folgen? Oder sollte sie mit Sheltie den langen Weg außen herumreiten? Und was sollte sie Mary nur sagen, wenn sie Brindel nicht mehr fand?

Unten am Strand war der Pfad durch die Klippen ziemlich breit. Aber weiter oben wurde er immer schmaler. Emma und Sheltie waren hier letztes Jahr schon einmal entlanggeritten. Sie wussten beide, wie gefährlich er war.

„Wir reiten lieber außenrum", sagte Emma. „Hoffentlich ist Brindel nach Hause gelaufen."

Sie hielt die Zügel kürzer und ließ Sheltie in leichtem Galopp den Reitweg nehmen, der auf die Hochfläche der Steilküste führte.

Endlich erreichten sie das flache Tal, in dem Marys Häuschen lag.

Brindel kam hinter der Scheune hervorgesaust und bellte wie verrückt. Sie schien sehr aufgeregt zu sein.

Irgendetwas stimmte nicht. Brindels wildes Bellen machte Sheltie ganz nervös. Er stampfte mit den Hufen und legte die Ohren an.

„Was ist los, Sheltie? Was hast du denn?“, fragte Emma.

Sheltie scharrte aufgeregt mit den Hufen.

„Ist was passiert? Ist was mit Mary?“ Emma rief, so laut sie konnte: „Mary! Mary! Wo bist du?“ Aber niemand antwortete.

Brindel rannte zu Sheltie und forderte ihn mit einem Winseln auf mitzukommen. Der kleine Hund führte sie zur Tierklinik hinter dem Haus.

Und da entdeckten sie Mary unter einem Haufen Schutt! Emma traute ihren Augen kaum. „Oh nein!“, rief sie erschrocken.

Der Futterschuppen musste über der alten Frau zusammengebrochen sein, als sie das Dach reparierte. Jetzt lag sie unter den eingestürzten Wänden.

Anscheinend hatte Mary sich am Kopf verletzt. Sie hatte eine Wunde an der Schläfe.

Emma stockte für einen kurzen Moment der Atem. Doch dann sprang sie schnell aus dem Sattel, um Mary zu helfen.

Kapitel sieben

Emma versuchte die Holzbalken anzuheben, die auf Mary gestürzt waren, aber sie waren zu schwer.

Sie wusste, dass Mary kein Telefon hatte. Von hier aus konnte sie also keine Hilfe rufen.

Sheltie schnaubte laut und stupste Emma am Arm. Sie verstand, was er ihr sagen wollte.

„Einverstanden, Sheltie“, sagte Emma. „Ich hole ein Seil und du kannst versuchen, die Balken von Mary wegziehen. Aber zuerst muss ich mich um Marys Wunde kümmern.“

Sie holte ein sauberes Geschirrhandtuch aus der Küche und wickelte es um die verletzte Stelle an Marys Kopf.

Als die alte Frau dabei leise stöhnte, rannte Brindel sofort zu ihr und schleckte ihr zärtlich die Hand.

Emma zog die Hündin sanft weg und knotete ein Seil um einen der eingestürzten Holzbalken. Dann band sie das andere Ende des Seils an Shelties Sattel fest.

Sheltie war zum Glück ein kräftiges Pony. Er ging mit langsamen, festen Schritten vorwärts und befreite Mary von den Balken.

Aber sie rührte sich immer noch nicht. Sie atmete zwar, aber sie hatte die Augen geschlossen und sah aus, als ob sie schliefe.

„Mary!“, rief Emma. „Mary, hörst du mich?“

Brindel jaulte und zerrte an Marys Ärmel. Sheltie beugte den Kopf zu Mary hinunter und schnaubte sanft in ihre Haare. Aber sie bewegte sich nicht.

„Schnell, Sheltie, wir müssen Hilfe holen, Mary wacht nicht auf!“, rief Emma.

Das nächste Haus war das „Felsenhäuschen“. Aber Emma fiel wieder ein, dass die Besitzer nur am Wochenende da waren. Also konnte sie heute dort keine Hilfe erwarten. Sie mussten zum Strand hinunterreiten.

Emma warf einen Blick auf Mary. Brindel hatte sich neben ihr zusammengerollt und wärmte sie mit ihrem Fell.

„Bleib du bei Mary, Brindel“, sagte Emma. „Wir sind gleich wieder da. Los, Sheltie!“ Sie sprang in den Sattel und schnappte sich die Zügel. Ihre Hände zitterten, aber sie wusste, dass sie keine andere Wahl hatte. Sie musste mit Sheltie auf dem steilen Weg die Klippen hinunter zum Strand reiten, um im „Goldenen Anker“ Hilfe zu holen.

Emma wusste, wie gefährlich der Weg die Klippen hinunter war. Aber sie würde viel schneller sein als auf dem Reitweg, der außen herumführte. Und es war klar, dass Mary so schnell wie möglich Hilfe brauchte.

Als sie an die Steilküste kamen, sprang Emma aus dem Sattel. Vorsichtig setzte Sheltie einen Huf auf den schmalen Pfad. Er wieherte leise und begann mutig den Abstieg zum Strand.

„Sei vorsichtig, Sheltie“, flüsterte Emma. „Lass dir ruhig Zeit. Schritt für Schritt.“

Emma starrte geradeaus auf den Weg

und versuchte, nicht die Klippen hinunterzuschauen. Tief unter ihnen lagen der Strand und das Meer. Emmas Knie waren weich wie Gummi. Sie ging hinter Sheltie her und hielt sich an seinem Schweif fest.

Sheltie machte seine Sache sehr gut. Er zögerte nicht eine Sekunde lang, sondern ging ruhig immer weiter. Rechts neben dem Pfad fielen die Klippen senkrecht ab. Tief unten brandeten die Wellen mit lautem Krachen an die Felsen.

Emma hatte ein ganz mulmiges Gefühl im Bauch, aber sie redete die ganze Zeit mit Sheltie. Das lenkte sie ab und beruhigte sie ein bisschen. „Das machst du toll, Sheltie. Braver Junge“, lobte sie das kleine Pony.

Sie kamen gut voran und der Pfad wurde schon etwas breiter.

Aber dann sah Emma nach vorne und blieb vor Schreck wie angewurzelt stehen. „Oh nein!“, rief sie entsetzt.

Sie traute ihren Augen kaum. Eine große, zottelige Ziege versperrte ihnen den Weg! Sie hatte spitze Hörner und sah sie herausfordernd an. Emma wusste, dass die wild lebenden Ziegen frei auf den Klippen herumliefen. Und diese Ziege fühlte sich anscheinend von Sheltie bedroht.

Sie senkte den Kopf und scharrte mit den Hinterbeinen auf dem Boden. Offensichtlich war sie bereit zum Angriff.

Zum ersten Mal sah Emma zum

Strand hinunter. Er lag immer noch tief unter ihnen und der Weg war viel zu schmal, um umzukehren. Sheltie schnaubte nervös. Jetzt steckten sie in der Klemme!

Aber gerade als Emma dachte, dass es keinen Ausweg gab, schoss ein Knäuel aus schwarzem und weißem Fell von hinten an ihnen vorbei.

Es war Brindel. Sie stürmte vor und stellte sich zwischen Sheltie und die wütende Ziege. Dann bellte sie wie wild und ging dabei immer wieder ein Stückchen weiter auf die Ziege zu. Die Ziege wich zurück, bis sie schließlich mit einem Satz den Weg freigab.

Emma vergeudete keine Sekunde. „Danke, Brindel!“, rief sie. Dann trieb sie Sheltie an und führte ihn schnell weiter zwischen den Klippen hinunter, um endlich Hilfe zu holen.

Kapitel acht

„Da kommt Sheltie!“, rief Joschua, als Emma den Strand entlang auf den „Goldenen Anker“ zugaloppierte. Ihre Eltern waren gerade vom Ausflug zur Nachbarbucht zurückgekommen.

Sheltie war kaum mit einer Vollbremsung zum Stehen gekommen, da sprang Emma schon aus dem Sattel.

„Mary hatte einen Unfall!“, rief sie. „Sie kommt nicht mehr zu sich. Wir müssen ihr schnell helfen!“

Dann berichtete Emma der Reihe nach, was passiert war. Ihre Eltern hörten aufmerksam zu. Als Emma ihren Bericht beendet hatte, lief ihr Vater schnell ins Haus, um einen Krankenwagen zu rufen.

„Ich weiß, dass du so schnell wie möglich die Steilküste runter wolltest“, sagte währenddessen Emmas Mutter. „Aber das war sehr gefährlich. Bitte versprich mir, dass du das nie wieder tust!“

Emma versprach es und ihre Mutter nahm sie schnell fest in den Arm. Sie war so froh, dass Emma und Sheltie nichts passiert war.

Dann kam ihr Vater mit Mr Phillips, dem Besitzer des „Goldenen Ankers“, zurück. Die beiden wollten zu Marys Häuschen fahren. Sie stiegen in Mr Phillips' Geländewagen und verschwanden in einer Staubwolke.

„Hoffentlich ist Mary nichts Schlimmes passiert“, sagte Emma bedrückt. „Der Futterschuppen ist genau über ihr zusammengebrochen.“

Ihre Mutter sah auch ziemlich besorgt aus. „Das klingt ja wirklich so, als stünde es sehr schlecht um die Tierklinik.“

„Das tut es auch“, rief Emma. „Es ist so schrecklich! Was passiert denn mit Mary und den ganzen Tieren, wenn es die Tierklinik nicht mehr gibt? Ich wünschte, ich könnte ihr irgendwie helfen!“

„Aber du hast ihr doch geholfen“, meinte ihre Mutter. „Du und Sheltie, ihr habt Hilfe geholt. Euch beiden haben wir es zu verdanken, dass jetzt ein Krankenwagen unterwegs ist.“

„Mary geht es gut“, sagte Emmas Vater, kaum dass er aus dem Auto gestiegen war. „Sie hat allerdings einen ziemlichen Schlag auf den Kopf bekommen. Sie muss eine Nacht im Krankenhaus bleiben, aber sie wird schnell wieder gesund sein.“

„Und was ist mit den Tieren?“, fragte

Emma besorgt. „Die verhungern doch, wenn sie niemand füttert!“

„Mr Phillips und ich haben sie schon gefüttert“, sagte ihr Vater und lächelte. „Und morgen früh gehen wir alle zusammen hin und bringen alles, so gut es geht, in Ordnung, bevor Mary nach Hause kommt.“

„Aber Brindel!“, rief Emma. „Was ist mit Brindel?“

„Mr Phillips kümmert sich um sie“, sagte ihr Vater. „Sie ist unten im Stall bei Sheltie. Du brauchst dir keine Sorgen zu machen.“

Aber Emma machte sich trotzdem Sorgen. Selbst wenn Mary wieder aus dem Krankenhaus entlassen wurde, musste sie immer noch die Ställe reparieren, überlegte Emma. Und es war jetzt klar, dass Mary das allein nicht schaffte.

Bei all den Sorgen um Mary und die Tierklinik hatte Emma ganz vergessen, ihren Eltern von dem Anker zu erzählen, den Sheltie und Brindel am Strand gefunden hatten. Das wollte sie jetzt unbedingt nachholen.

Mr Phillips war ganz begeistert von der Geschichte. „Ich wollte schon immer einen kleinen Anker in der Kapitänsbar aufhängen“, sagte er. „Der alte Schiffsanker sieht bestimmt toll aus, wenn man ihn golden anmalt. Falls ich ihn gebrauchen kann, gebe ich dir zwanzig Pfund dafür“, bot er Emma an.

„Das wäre ja toll!“, rief Emma begeistert. „Zwanzig Pfund für einen alten Anker!“ Plötzlich hatte sie eine Idee.

„Ich sammle Spenden für Marys Tierklinik“, verkündete sie. „Das darf ich doch, oder?“, wandte sie sich fragend an ihre Mutter.

Ihre Mutter nickte. „Wenn du willst, bastle ich dir eine Sammelbüchse“, sagte sie.

„Und ich stelle sie auf die Theke in der Kapitänsbar“, sagte Mr Phillips.

„Toll!“, rief Emma. „Dann können die Leute jederzeit Geld für die Tierklinik spenden – auch wenn wir wieder zu Hause sind.“

Emma war so aufgeregt, dass sie es kaum abwarten konnte, Mr Phillips zu zeigen, wo der Anker lag.

Schnell lief sie nach unten, um Sheltie alles zu erzählen und ihn zu satteln. Er merkte sofort, dass etwas Aufregendes passierte. Voller Tatendrang stampfte er mit seinen kurzen Beinen auf dem weichen Sand auf und wieherte begeistert, als Emma ihn zum Strand führte.

Emmas Vater kam auch mit. „Zeig uns den Weg zum vergrabenen Schatz", rief er mit einem vielsagenden Grinsen.

Emma grinste über die Schulter zurück. „Es ist bestimmt wirklich ein Schatz!"

„Der Anker ist zwanzig Pfund wert", sagte Mr Phillips schmunzelnd. „Es lohnt sich also, diesen Schatz zu heben."

„Los, Sheltie", trieb Emma ihr Pony an. Aber als sie zu den Felsen kamen, an denen Sheltie und Brindel den Anker gefunden hatten, wartete eine Enttäuschung auf sie.

„Oh nein, Sheltie, sieh mal!“ Die Flut war gekommen und dieser Teil des Strandes lag komplett unter Wasser.

„Dann müssen wir eben morgen wiederkommen“, sagte Emmas Vater. „Wir suchen den Anker gleich morgen früh, noch bevor wir Marys Tiere füttern gehen.“

Am Abend malte Emma ein Bild von dem alten Schiffsanker. Sie versuchte sich ganz genau daran zu erinnern, wie der seltsame Fisch am Ankerschaft ausgesehen hatte. Als das Bild fertig war, zeigte sie es ihren Eltern.

Die beiden betrachteten es und sahen sich an. „Erinnert dich das an etwas?“, fragte Emmas Mutter ihren Mann.

Er nickte und zog die Augenbrauen hoch. „Genauso hat er ausgesehen“, meinte er.

„Wer hat genauso ausgesehen?“, wollte Emma wissen.

Ihr Vater erzählte ihr vom Ausflug zu dem alten Piratenschiff. Darüber hatten sie bislang bei all der Aufregung um Mary gar nicht gesprochen.

„Fliegender Delfin“, sagte Emmas Vater. „So hieß das Piratenschiff.“

„Und es hatte eine Galionsfigur am Bug, die wie ein seltsamer Fisch aussah“, fügte ihre Mutter hinzu. „So eine Art Delfin, glaube ich.“

„Aber das Interessante war der Anker“, meinte ihr Vater. „Das Schiff ist ein Nachbau. Vom echten Piratenschiff gibt es nur noch einzelne Teile. Es ist vor hunderten von Jahren hier in der Bucht gestrandet …“

„Und der Anker wurde nie gefunden“, fiel Emmas Mutter ihm ins Wort. „Man weiß nur anhand eines alten Gemäldes, wie er aussah.“

„Und wie sah er aus?“, fragte Emma voller Spannung.

„Genauso wie der Anker auf deinem Bild“, sagten ihre Eltern wie aus einem Mund.

Emma stockte der Atem. „Meint ihr, wir haben den Anker des alten Piratenschiffs gefunden?“, fragte sie aufgeregt.

„Wenn er es ist“, sagte ihr Vater, „dann ist er viel mehr wert als zwanzig Pfund.“

Emma sah ihn verständnislos an.

„Der verschwundene Anker ist angeblich aus Gold“, erklärte ihre Mutter. „Das

Gästehaus hier ist nach ihm benannt: ‚Der Goldene Anker'."

Plötzlich konnte Emma es kaum erwarten, bis endlich Ebbe war. Sie wäre am liebsten sofort auf Sheltie zum anderen Ende des Strandes galoppiert, um zu sehen, ob der Anker wirklich aus Gold war.

Kapitel neun

Am nächsten Morgen standen sie alle extra früh auf. Der feuchte Sand glänzte in der Morgensonne.

„Kommt, schnell!“, rief Emma. Sheltie schnaubte aufgeregt. Sie führten Emmas Eltern, Mr Phillips und Brindel zu den Felsen, wo sie den Anker gefunden hatten. Joschua saß auf den Schultern seines Vaters und winkte den Möwen zu.

„Es war irgendwo hier“, sagte Emma. Sie zeigte auf die Stelle, an der sie den Anker vermutete, aber da war nichts. Die Flut hatte wieder Sand in das Loch gespült. Sheltie schnaubte leise. Mr Phillips hatte einen Spaten dabei und begann zu graben.

„Nein, ich glaube, es war weiter links“, meinte Emma. Die Flut hatte alles verändert. An manchen Felsen waren große Sandhaufen angespült worden. An anderen Stellen schauten kleinere Felsen aus dem Sand, die vorher nicht da gewesen waren.

Sheltie reckte den Kopf und zog energisch an den Zügeln. Dann schnüffelte er auf dem Sand herum.

„Erinnerst du dich vielleicht noch an die Stelle, Sheltie?“, wollte Emma wissen.

Das kleine Pony scharrte mit den Hufen und ging zielstrebig zu einer Stelle drei oder vier Meter von Mr Phillips entfernt. Dann scharrte er wieder im Sand und stampfte mit dem Huf auf, bis er ein flaches Loch gegraben hatte.

Er schnüffelte noch mal gründlich. Dann fing er an mit beiden Vorderhufen im Sand zu scharren.

„Hier ist es“, rief Emma. „Sheltie meint, es ist hier.“

„Bist du sicher?“, fragte Mr Phillips.

Sheltie hob den Kopf und antwortete mit einem lauten, frechen Schnauben.

„Ganz sicher“, sagte Emma.

Mr Phillips schnappte sich den Spaten und grub ein tiefes, großes Loch.

„Juchhu!“, rief Emma. Sie konnte es gar nicht fassen, als endlich doch das stinkende, zusammengerollte Seil im Sand auftauchte.

Mr Phillips und Emmas Vater zogen

mit aller Kraft daran und wuchteten den Anker aus dem Loch.

Er war sehr, sehr schwer. Die beiden Männer keuchten ganz schön, als sie ihn schließlich auf den Sand plumpsen ließen.

„Aber der ist ja gar nicht aus Gold!“, rief Emmas Mutter enttäuscht. „Er ist einfach nur dreckig und grau.“

Emma und Sheltie gingen näher ran, um sich den Anker genauer anzusehen. Es stimmte. Es war nur ein ganz normaler alter Anker.

Sheltie schüttelte den Kopf und ließ sein Zaumzeug klirren. Dann tat er etwas Seltsames. Er hob einen Huf und kratzte mit dem Hufeisen ein paar Mal über den Anker. Plötzlich bröckelte etwas von der grauen Kruste ab. Darunter leuchtete es glänzend gelb.

„Seht euch das an!“, rief Mr Phillips überrascht. „Das ist Gold. Der Anker ist wirklich aus Gold! Es war nur eine Bleischicht darüber.“

„Gold!“, flüsterte Emma. „Ein echter goldener Anker!“

„Wir haben den Anker vom Fliegenden Delfin gefunden“, rief Mr Phillips begeistert. Er schien es nicht glauben zu können. „Das haben wir nur dir und Sheltie zu verdanken.“

„Und Brindel“, sagte Emma. „Sheltie und Brindel haben ihn gefunden.“

„Das gibt sicher einen dicken Finderlohn“, meinte Mr Phillips. „Schließlich ist das ein sehr wertvoller Schatz.“

„Wenn es eine Belohnung gibt, soll Mary sie für die Tierklinik kriegen“, sagte Emma sofort.

Sie war überglücklich, dass sie Marys Tierklinik jetzt vielleicht retten konnte. Sie fiel Sheltie um den Hals und vergrub ihr Gesicht in seiner dicken Mähne.

„Wir haben es geschafft, Sheltie. Jetzt können wir Mary helfen!"

Sheltie schnaubte, so laut er konnte. Er schien sich mindestens genauso sehr wie Emma zu freuen.

„Ach ja, Mary", sagte Emmas Mutter. „Wir sollten den Anker jetzt sicher verstauen und dann endlich ihre Tiere füttern."

Sheltie zog den Anker über den Strand zurück zum Gästehaus. Dann brachte ihn Mr Phillips in Shelties Stall und verschloss die Tür.

Emma saß schon wieder im Sattel und trieb die anderen zur Eile. „Los", rief sie. „Die Tiere warten!"

Ihre Eltern grinsten und stiegen mit Mr Phillips in den Geländewagen.

„Wir reiten voraus“, rief Emma und war nicht mehr zu halten. Sie schlug leicht mit den Zügeln und Sheltie galoppierte los.

Am Nachmittag kam Mary nach Hause. Es ging ihr schon viel besser und sie freute sich so, ihre geliebten Tiere wiederzusehen.

Ein paar Tage später verabschiedeten Emma und Sheltie sich von Sommerland. Bevor sie abfuhren, überreichte Emma Mary vor dem „Goldenen Anker“ einen dicken Scheck vom Heimatverein.

„Ich weiß gar nicht, wie ich dir danken soll“, sagte Mary. Sie umarmte Emma und wuschelte durch Shelties Mähne, als Emmas Vater ihn über die Rampe in den Ponyanhänger führte.

Brindel wollte sich nicht von Sheltie trennen und sprang hinter ihm her. Sheltie rieb sein Maul an Brindels Kopf. Emma kniete sich hin und nahm die Hündin fest in den Arm.

„Tschüss, Brindel. Sei brav und pass gut auf Mary auf“, flüsterte Emma ihr ins Ohr. Dann führte sie Brindel aus dem Anhänger und stieg ins Auto.

„Tschüss, Emma. Tschüss, Sheltie, und kommt bald wieder. Vielen, vielen Dank für alles!“, rief Mary und winkte ihnen mit beiden Armen hinterher.

„Das machen wir bestimmt!“, rief Emma zurück. Und aus dem Anhänger ertönte dazu das längste und lauteste Schnauben, das man je gehört hatte.

Hallo!

Mit Sheltie ist das Leben wirklich niemals langweilig. Jeden Tag denkt er sich neuen Unfug aus und überrascht mich mit witzigen Ideen. Aber er ist einfach das liebste Pony auf der ganzen Welt. Ich kann ihm nie lange böse sein.
Möchtest du wissen, was wir alles erlebt haben? Dann frag nach den folgenden Büchern:

1. Wie Sheltie zu uns kam
2. Wie Sheltie auf Schatzsuche ging
3. Wie Sheltie den Ausreißern half
4. Wie Sheltie einen Freund fand
5. Wie Sheltie zum Retter wurde
6. Wie Sheltie in Gefahr geriet
7. Wie Sheltie den Pokal gewann
8. Wie Sheltie einen Dieb erwischte
9. Wie Sheltie ein Held wurde
10. Wie Sheltie einen Ausflug machte
11. Wie Sheltie spurlos verschwand
12. Wie Sheltie den kleinen Hund fand
13. Sheltie und das Schneepony
14. Shelties großer Tag
15. Wie Sheltie das weiße Pony fand
16. Sheltie auf heißer Spur
17. Sheltie und die geheimnisvolle Stimme
18. Sheltie, schnell wie der Wind
19. Sheltie und der Doppelgänger
20. Rettung für Sheltie

Viel Spaß bei Shelties Abenteuern wünscht eure

Emma

Emma und Sheltie

- Sind Pferde deine Lieblingstiere? Möchtest du alles über sie wissen? Dann geh mit diesem Buch auf spannende Entdeckungstour!
- Emma uns Sheltie führen dich durch die große Welt der Pferde. Lerne die verschiedenen Rassen kennen und die Pferdesprache verstehen.

Alles über Pferde
32 Seiten
€/D 9,95
€/A 10,30; sFr 17,50
ISBN 3-440-09982-2

- Weißt du, wie man auf ein Pferd zugeht? Wie man es richtig füttert oder frisches Stroh in die Box einstreut?
- Lerne mit Emma und Sheltie alles über Pferdepflege und wie du deinem Pferd tolle Frisuren machen kannst.

Pferde pflegen
32 Seiten
€/D 9,95
€/A 10,30; sFr 17,50
ISBN 3-440-09983-0

www.kosmos.de